A árvore do Brasil

Agradeço a todos aqueles que documentaram nosso passado e a todos que documentam nosso presente. Sem esses registros inspiradores este livro não teria acontecido.

História e Ilustrações de
Nelson Cruz

A árvore do Brasil

Editora
Peirópolis

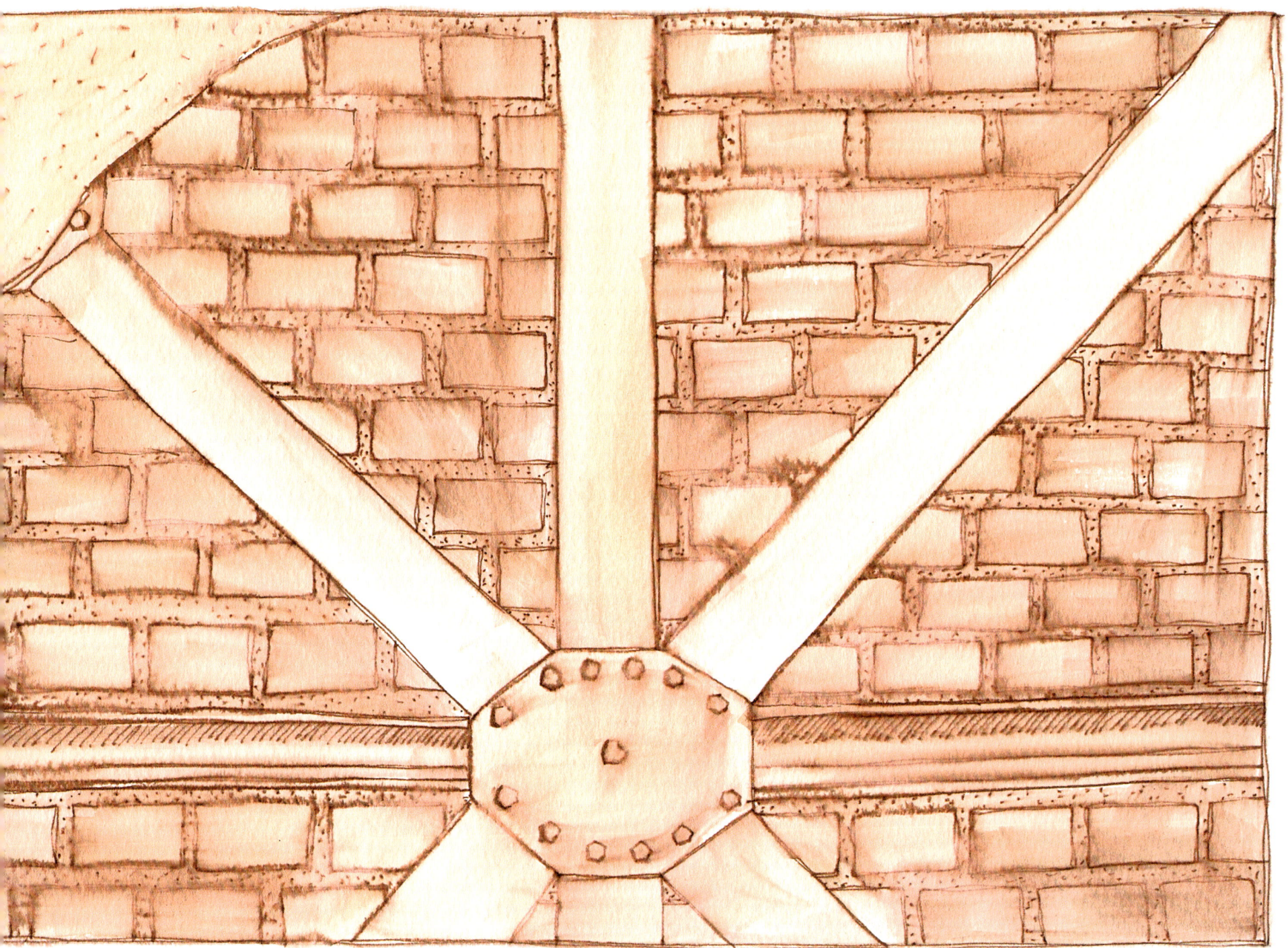

Livros consultados

Florence, Hercule. *A descoberta da Amazônia, os diários do naturalista Hercule Florence,.* Apresentação de Mário Carelli. Editora Marca D'água. São Paulo. 1995

Martins, Carlos, Curador geral. *O Brasil redescoberto.*
Produção Paço imperial / MinC Iphan. Co-produção Museus Castro Maia. Rio de Janeiro. 1999

Ruschi, Augusto. *Aves do Brasil, chaves artificiais e analíticas.*
Edições Ruschi. Villa Rica editoras Reunidas Ltda. 1991

Diener, Pablo. Costa, Maria de Fátima. *A América de Rugendas.* Obras e Documentos. Estação Liberdade / Kosmos. 1999

Rugendas, Johann Moritz. *Viagem pitoresca através do Brasil.* Editora Itatiaia : Editora da Universidade de São Paulo. Belo Horizonte. 1989

Rocha, Ana Augusta. Linsker, Roberto. *Brasil 2 Aventura.* Editora Terra Virgem. São Paulo. 1995

Novais, Fernando A. . *História da vida privada no Brasil. Império: a corte e a modernidade nacional.* Volume 2. Companhia das Letras. São Paulo. 1997

Coleção Nosso Século. *Memória fotográfica do Brasil no século 20.* Volume 1. 1900 / 1910. Abril Cultural. São Paulo. 1980

Coleção Nosso Século. *Memória fotográfica do Brasil no século 20.* Volume 3. 1930 / 1945. Abril Cultural. São Paulo. 1980

Debret, Jean-Baptiste. *Caderno de viagem.* Texto e organização: Júlio Bandeira. Sextante. Rio de Janeiro. 2006

Debret, Jean-Baptiste. *Viagem pitoresca e histórica ao Brasil.* Tomo terceiro.
Editora Itatiaia : Editora da Universidade de São Paulo. Belo Horizonte. 1989

Índice das ilustrações

4 / 5. A floresta virgem.. (1800)

6 / 7. Chegada dos viajantes, naturalistas, caçadores............ (1820)

8 / 9. Instalação do povoado..(1840)

10 / 11. A primeira vila.. (1860)

12 / 13. As primeiras casas de alvenaria..............................(1880)

14 / 15. O primeiro bonde, a carroça, a indústria.................. (1900)

16 / 17. Campanha de Getúlio Vargas, greves tenentismo.....(1920)

18 / 19. Carnaval de rua, os corsos......................................(1940)

20 / 21. Protestos de rua, golpe militar................................ (1960)

22 / 23. Campanha pelas eleições diretas.............................(1980)

24 / 25. Instalação das estruturas metálicas...........................(........)

26 / 27. Operário assentando os tijolos..................................(........)

28 / 29. A parede 1...(........)

30 / 31. Operário aplicando o reboco .... (........)

32 / 33. A parede 2 ....(........)

Copyright © 2009 by Nelson Cruz

Editora
Renata Farhat Borges

Ilustrações e projeto gráfico, capa
Nelson Cruz

Diagramação
Carla Arbex

Tratamento de imagens
Simone Riqueira

Revisão
Luciana Tonelli

EDITADO CONFORME ACORDO ORTOGRÁFICO DA LÍNGUA PORTUGUESA (AOLP)

Dados Internacionais de Catalogação na Publicação (CIP)
(Câmara Brasileira do Livro, SP, Brasil)

Cruz, Nelson
    A árvore do Brasil / história e ilustrações de Nelson Cruz. – São Paulo : Peirópolis, 2009.

Bibliografia
ISBN 978-85-7596-121-6

    1. Arte - Literatura infanto-juvenil I. Título.

09-03212   CDD-028.5

Índices para catálogo sistemático:

    1. Livro de imagem : Arte : Literatura infanto-juvenil   028.5

1ª edição, 2009 – 4ª reimpressão, 2018
Editora Peirópolis Ltda.
Rua Girassol, 310F – Vila Madalena
05433-000 São Paulo/SP
vendas@editorapeiropolis.com.br
www.editorapeiropolis.com.br

Filiada à

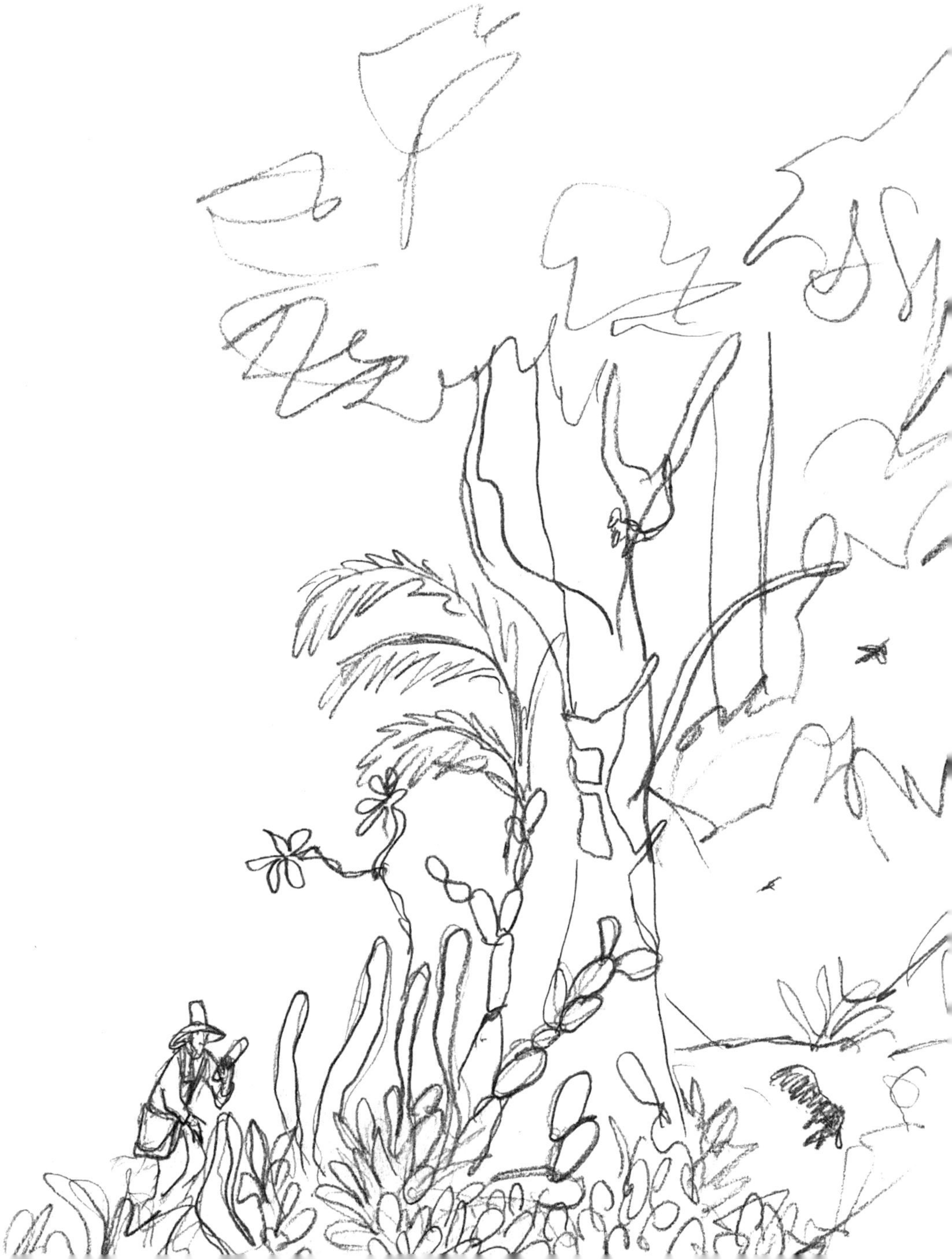